Quem não beijou L.M.?

Gustavo Ferreira Rossi

Quem não beijou L. M.?

Gustavo Ferreira Rossi

ÍNDICE

Para meu irmão Betinho, meu amigo e pescador de traíras.

Capítulo I

Já vou avisando que tirei o nome do livro de uma marca de cigarro, L. M., nunca viram ou fumaram? Não? L. M. também é anagrama de Mosa Lisa.

Meu irmão vestia um blusão de couro, e não fumava, mas parecia que fumava, tinha uma cara que fumava, entendem, aquele ar meio cafajeste, era um verdadeiro galã de nossa cidade natal.

Usava um blusão de couro, vai ter sempre dezessete anos, não me saem da memória esses dezessete anos.

Tudo o que é meu é seu, tudo o que é seu é meu, ele me dizia, mas, na verdade, não ia muito com a minha cara não.

Eu era muito introvertido, gostava de música clássica, eu era um verdadeiro estranho no ninho.

Eu com dezessete anos só tinha ficado com a Antônia, mas a Antônia era uma puta biscate e fiquei com ela nem sei como, foi na praia, mas não comi ela não.

Ruim foi para o Claudinei, que pegou uma puta doença, teve que enfiar um bisturi quente no pinto, se fodeu, o coitado.

Nessa época, eu nem pensava em L. M.

Sempre me lembro quando fugi, no colégio, da Carla, a Carla era linda de morrer, gostava de mim, mas eu era inseguro demais, tímido demais, retraído demais e o pior, não sabia dançar.

Não saber dançar era o maior pecado de minha geração, dentre todos os pecados possíveis e inimagináveis.

Meus colegas dançavam Pet Shop Boys, Men at work, U2, Smiths, etc...

Eu nunca soube dançar, na vida real e metaforicamente também, sempre fui ruim de cintura ou da cintura para baixo, se é que me compreenderam.

Nunca tive namorada, não, até conhecer L. M.

Mas essa é a estória de dois irmãos.

A minha estória e a estória de meu irmão?

Não, a nossa estória, pois tudo que era dele, era meu, tudo o que era meu, era dele, entenderam?

Bom, começo não do começo, as coisas me fogem da cabeça e conto com vocês para ir me lembrando delas.

Muitos me dizem que não se lembram de nada e pensam que acredito nisso. Não existe não se lembrar de nada. Sempre lembramos de alguma coisa, sejam coisas felizes ou infelizes. De um amigo, de um irmão, de um primo, de uma namorada.

Quando voltei do cursinho que fazia para entrar no Largo São Francisco, estava cansado de tanto estudar, não sabia se iria passar, coisas do ensino que tive na minha cidade, embora tivéssemos tido uma boa educação, não chegávamos nem aos pés do pessoal de sampa.

Já viu, Colégio Santa Cruz, Bandeirantes, alguns tinham estudado na Europa.

Quando cheguei de ônibus, lá estavam meu irmão e meu pai, meu irmão usando a velha jaqueta de couro, a mulherada caía matando em cima dele, e eu me masturbando como um louco, que porcaria tudo isso, sinto nojo de mim mesmo.

Quando desci do ônibus, falei para o meu irmão: me ajuda aqui com as malas, mas ele fingiu que não ouviu e foi indo em direção ao carro, sorte que meu pai estava lá, e me deu uma mão.

Eu vinha cheio de livros e roupas sujas e sujo da minha fama de bom burguês, eu tinha votado no Lula, para desespero do meu pai, amante que era dos tempos do regime militar.

Grande bosta, o Lula só enriqueceu às custas do governo, claro. E enriqueceu todos à sua volta.

Bom, não é esse o assunto do meu pequeno opúsculo.

Meu irmão, com dezessete anos, não tinha carta ainda e nem eu, que já tinha dezoito.

Meu irmão nem olhou direito na minha cara.

Ligou o carro e saímos cantando pneu.

Bom, quase sempre foi assim.

Era assim entre nós dois, quase sempre.

Fiquei vendo as ruas de minha cidade, ela parecia bem menor agora, o que era para mim, naquele momento, motivo de grande felicidade.

Hoje é motivo de grande infelicidade.

Eu tinha tudo lá, a possibilidade de exercer a advocacia com algum sucesso, garotas lindas para namorar e um escritório que poderia dividir com meu pai, onde iria dependurar meu futuro e meu diploma da USP para sempre.

O céu é azul em todo lugar, como dizia o velho poeta.

Fiquei muito feliz quando vi minha velha casa, ainda era a mesma, a mangueira onde eu brincava era a mesma, a Nides estava me esperando, ela era nossa segunda mãe há muito tempo. Minha mãe de sangue me esperava também.

Meu irmão também não ajudou com as malas quando estávamos desembarcando em casa.

Foi um ano duro, falei para ele, mas ele nem deu a mínima confiança, talvez tivesse razão, se tivesse feito direito na cidade vizinha, teria sido feliz.

Teria sido juiz e não esse projetinho de romancista e poeta.

Tudo são sombras para mim agora, meu irmão, meu pai, minha mãe, minha irmã, minha avó, até a Nides.

O Direito, a cidade e L. M.

O que importa neste escrito?

Não estou escrevendo nada, apenas praticando umas palavras sem muita fé ou opinião.

Quando entrei no quarto de nós dois crianças, tive uma surpresa: meu irmão desabafou.

Disse que tinha sido muito difícil para ele dormir um ano sem mim. Emocionou-se.

Hoje choro com essa lembrança.

Na época, fiquei sem saber o que dizer.

Foi foda, cara, ficar sem você, ele me disse.

O que exatamente ele queria dizer com essas palavras tão ternas?

Não digo que meu irmão não fosse gente boa, muito inteligente, ele era, mas a verdade é que nunca pensei que eu faria alguma falta para ele.

Ele disse tudo aquilo com lágrimas nos olhos.

Sei lá, dei um abraço nele; ele, como sempre, cheirava a Azarro.

Hoje essas palavras não me saem da cabeça. Quem era o meu irmão, esse bicho desconhecido completamente de mim?

Quem era esse cara com a jaqueta de couro?

Que tomava banho por duas horas seguidas?

Quem era esse maldito cara?

Tenho de voltar no tempo para descobrir e justamente é essa a questão que me coloco: quem é esse cara? Quem é?

E tudo me volta à memória a partir desse fato, o fato dele ter sentido a minha falta em algum momento de sua vida.

Ele parecia que fumava, tanto charme ele tinha.

Ele estava todo rijo, ao contrário de mim, que tinha ficado estudando um ano dez horas por dia, estava meio caidaço.
Precisa malhar, cara, ele sussurrou, conheço uma academia.
Menina pra mim você não conhece, né, cara? Pensei...
Fui saindo do nosso quarto, quando ele me segurou pelo braço:
Irmão, não se esqueça, tudo o que é meu é seu e tudo o que é seu, é meu...
Tá bom, cara, vou acreditar...
Mas eu não disse nada, para dizer a verdade, não olhei nos olhos dele quando ele me disse isso.
Apenas sorri e saí, em vinte minutos o jantar estaria posto na mesa.
Quantos anos eu tinha? 18.
Ele, dezessete, eternamente dezessete.
A eternidade dele para mim já tem 47 anos.

Capítulo II

Minha primeira lembrança foi de quando tive crupe, uma doença que ataca as vias respiratórias e fecha a glute, deveria ter uns dois anos de idade. Como me lembro disso? Na verdade, por causa de minha avó Cida, que tinha vindo de longe para acompanhar a minha possível morte e ficar com a minha mãe, consolá-la, enfim...

Meu pai ficou desesperado por conta de minha doença.

Até que o Luís Valente pegou nos seus ombros e disse:

Vai, doutor, ficar em casa, o senhor não tem condições de cuidar sozinho do seu filho, você está muito abalado emocionalmente.

Ele duplicou a medicação e me salvou, nunca tive chance de agradecê-lo.

Não agradeci porque simplesmente não me lembrava de quase nada.

Só me lembro de minha avó Cida entrando no quarto e dizendo:

Oi, menininho, está fazendo muita arte?

Mostrei para ela umas formiguinhas que estavam na parede.

"As formiguinhas, Vó Cida, as formiguinhas"...

Virei cigarra pelas tragédias da vida. Cantar muitas vezes é um mal necessário, uma tragédia muito mal anunclada. Mas quem cantava muito era meu irmão.

Minha avó Cida sempre se recorda disso, já me falou isso umas duzentas vezes, mas a gente pede para ela recordar e é sempre a mesma estória.

Com medo da doença, porque ela é deveras muito contagiosa, meu irmão foi para a casa de seus padrinhos.

Não somos gêmeos, como no romance de Machado de Assis, Esaú e Jacó.

Nem representamos nós, ele, meu irmão, os Liberais e eu a Monarquia decadente.

Mas uma profunda diferença sempre existiu entre nós dois.

Meu irmão se dava bem com a riqueza e eu sempre me acostumei com a pobreza.

Ele era um liberal... eu, um retrógrado.

Embora muitas vezes tenha acontecido justamente o contrário. Mas neste país nunca se sabe quem são os vilões e os mocinhos, os modernos e os conservadores, os bons e os maus.

Será isso o que contarei nesse livro.

De certa forma, faço uma homenagem ao nosso bruxo, como poderão ver e ler.

Meu pai agradeceu demais o Dr. Luís Valente e em poucos dias estávamos todos de novo em casa.

Lembro de quando em frente à igreja matriz, o Dr. Luís Valente perguntou se eu tinha namorada.

Eu não tinha, mas para não fazer feio, falei a ele que ficava com um monte de garotas, mas que não tinha nenhuma fixa ainda, como seus filhos já o tinham.

Esse é meu garoto, ele falou.

A primeira foi L. M.

Nunca fumei e só não declaro o nome dela aqui para evitar constrangimento.

L. M. foi a primeira e a primeira, de certa forma, é sempre a última.

Meu irmão cheirava a Azarro.

Parecia que fumava. Bebia. Tinha os olhos de certa forma românticos, o que só o ajudava na sua aventura mundana de comer as menininhas da cidade.

Eu tinha certa inveja disso, eu era e sou muito ruim com as mulheres.

Mas não se trata de nenhum Faroeste caboclo, não.

Ele era uma pessoa decente, apenas nós não tínhamos muita comunicação entre nós dois, embora, como dito, ele tenha sentido a minha ausência no ano em que fiquei morando na pensão do Português em sampa.

Moçada, seis horas...

Moçada, seis horas...

Estudávamos até meia-noite, fui cansando com o tempo, cheguei morto no vestibular, estou esperando o resultado do vestibular, embora eu, hoje, saiba que passei.

Mas estou esperando o resultado.

Tenho apenas 18 anos. Meu irmão 17, eternamente 17.

Capítulo III

Estávamos brincando na sala, éramos todos muito crianças, criancinhas mesmo.

Minha irmã pulava pra lá e pra cá que nem uma louca varrida.

Meu pai e minha mãe estavam atentos, mas queriam ver o Jornal Nacional.

Eu e meu irmão, menininhos, também aprontávamos o capeta na sala de televisão.

Uma hora minha irmã escorregou e bateu a cabeça com tudo na quina do móvel da sala. Desmaiou e meu pai, que era médico, disse para minha mãe, calma, que ela logo volta.

Eu e meu irmão choramos.

Ela não voltava.

O Jornal Nacional defendia abertamente o regime militar, mas falava de liberdade de imprensa e defesa dos direitos individuais. Sempre foi assim, será assim até que coloquemos fogo em nossas roupas.

Minha mãe começou a chorar.

Meu pai pegou no braço dela com carinho e disse: Maria, ela morreu...

Chorávamos como loucos, eu e meu irmão, naquele tempo não havia jaquetas de couro, nem perfumes importados ainda.

Eis que devagar ela acordou e meu pai, que era médico, rapidamente a tomou nos braços e a levou para a Santa Casa.

Ela vai ficar boa, meu pai disse à minha mãe.

Passaram-se muitos dias e eu e meu irmão sentimos muito a falta da presença dela.

Depois de uns dias internada, ela voltou.

Dei a bola pesada (de capotão) para ela segurar, e tadinha, estava fraquinha, não conseguia com o peso da bola.

Quando me lembro disso, agora que tenho 47 anos, não me esqueço de nenhum detalhe do que aconteceu naquele dia, mas não me lembro do meu rosto, das minhas feições, embora me lembre de minha irmã e de meu irmão.

Eu estava mesmo fadado a desaparecer no tempo.

Mas, primeiro, desaparecemos dentro de nós mesmos.

É dentro de nós que vamos mudando, até desaparecer.

Uns mais vagarosamente, outros, mais rapidamente.

Não sou mais nem sombra do que fui quando tinha 18 anos.

Fiquei muito envelhecido, muito sem aquela cara de moleque que tinha.

Muito sem esperanças.

A Nides ficou brava quando demos a bola pesada para ela segurar, ficou muito brava com a gente:

Não veem que ela está fraquinha?

Não sabíamos, Nides.

Eu e meu irmão nos abraçamos quando ela foi levada para o Hospital, achamos mesmo que ela fosse morrer.

Mas, assistindo ao Jornal Nacional, quem morreu mesmo foi o nosso país.

Que saudades do Tom Jobim, do Chico no auge, do Caetano no auge. De tantos outros que simplesmente desapareceram.

Minha irmã serve agora de metáfora de um país que deve acordar.

Acordar para um futuro de paz e prosperidade, onde todos possam ser felizes de verdade, onde haja oportunidade para todos, sem distinções.

Mas, naqueles dias, nem pensávamos em política.

O governo do Brasil estava nas mãos de minha mãe e de meu pai.

Nides era uma espécie de feitora. Morava perto da senzala.

E onde havia escravos, senão todos aqueles que foram duramente explorados pelo regime militar?

Fico pensando que quero ir para o lugar onde minha irmã esteve.

Que lugar foi este, meu Deus?

Deus não tem nome, por isso Ele se chama Deus.

Eu não tenho nome, não quero, não vou me revelar em troca destas cervejas baratas do Porão do XI.

Que me ofereceram sem pudor.

Mas ficará para sempre aquele momento de amor entre nós três.

Certas coisas não podem ser ensaiadas.

Esse opúsculo é ensaiado. Não vale nada.

Não quero que ele valha alguma coisa, não sou tolo.

Ninguém presta nessa vida. Ninguém.

Nada vale nada e tudo não passa da mais pura vaidade.
Eu sou muito vaidoso.
Em que mais posso me agarrar?
A chuva caiu e varreu metade dos nossos pecados.
Os outros ficaram na água suja dos guarda-chuvas.

Capítulo IV

Esse brinquedo é meu, eu disse para meu irmão...
Eu era bem criança, claro, e meu irmão, um ano mais novo.
Ele me disse: não, o brinquedo é meu...
Começamos a puxar um o brinquedo do outro, numa disputa que parecia não ter fim.
Até que o Thomaz me ajudou e a sorte da caravela mudou para o meu lado.
Mas, não ficamos satisfeitos com isso.
Eu e o Thomaz pegamos meu irmão e jogamos sua cabeça na parede, ele ficou com um galo enorme.
De que isso serve? Serve para uma reflexão.
Meu irmão era um liberal e Thomaz também.
Porque não se uniram contra mim?
(Fizeram depois muitas vezes isso, de modo que esta estória é uma estória de ocasião)
Como aconteceu na Inglaterra, os burgueses, os liberais se uniram à monarquia e conseguiram que a Revolução Industrial caminhasse muito rapidamente, graças a essa simbologia, essa união entre o velho e o novo.
Os conservadores e o clero tinham terras e Deus.
Os liberais, os burgueses, tinham ideias novas.
A fusão de tudo isso ajudou a Inglaterra naquele momento.

Ajudou a França em 1830, foi a partir daí, com a queda de Napoleão, que a nação francesa cresceu economicamente muito mais rapidamente.

Aconteceu no Brasil, sabemos disso.

Thomaz naquele momento, que era um liberal, ficou a meu favor.

Saímos rindo do local, mas minha mãe e a mãe dele ralharam conosco de forma muito ríspida.

Meu irmão ficou com um galo enorme na cabeça.

E de que adiantou tudo isso?

Adiantou...

Meu pai veio e me deu uma surra bem dada.

Nem Inglaterra, nem França.

Estávamos na terra do meu pai e da Avó Antonieta.

Uma terra muito mais pesada e cruel que a Revolução Industrial, olha eu falando besteira.

Ficamos de castigo, eu e o Thomaz.

2018... O que estará acontecendo no país neste momento?

Eleições...

Um candidato conservador avança rapidamente nas pesquisas.

Levou uma facada, foi encenação, foi verdade mesmo?

Mas não tem o discreto charme da burguesia, nem Deus, nem é aristocraticamente belo como a nobreza inglesa.

Talvez ganhe as eleições.

Éramos todos nós mais modernos que ele. Tínhamos muito mais charme.

Uma facada, um galo na cabeça.
Tomara o país, se nada der certo, assim como meu pai e a avó Antonieta, coloquem-no de castigo por uns 200 anos.

Capítulo V

Estávamos todos nós indo para sampa, íamos a casa de vó Cida.

Comíamos sanduíches e bananas ouro e sujávamos a estrada. Quantos não têm sujado este país.

Nides estava junto e não parava de falar.

Naquele tempo, Nides era mais ingênua, não era do sindicato ainda, embora o sindicato tenha sido uma libertação para ela.

Nides estava contando sobre a família dela, estávamos na década de 70, e o rádio do carro tocava uma do Bee Gees.

Gozado: minha cidade era uma cidade rural ainda, plantava-se muito arroz, café, feijão e milho.

A cana veio bem mais tarde.

Quem ouvia Bee Gees, Carpenters era a alta sociedade.

Quem ouvia Jimi Hendrix, Van Halen, Pink Floyd eram os drogados, os sem futuro na vida, os colocados à parte.

Foi só na década de 1980 que todos esses caras tiveram um a espécie de redenção na minha pequena cidade.

Sempre gostei deles, mas mesmo no Largo tinha quem não gostasse deles e aí já estávamos nos 90.

Meu pai estava de saco cheio de todos nós, ele era muito nervoso, trabalhava muito, tinha muitos compromissos.

No fim da vida, disse-me que tinha feito uns 3.000 partos pela região toda.

Meu irmão, de repente, viu um caminhão basculante de cimento e atirou essa:

Olha, que papel higiênico enorme!!!

Até meu pai não deixou de rir muito.

Realmente parecia um papel higiênico enorme mesmo.

As mamães não sem razão reclamam de ter de limpar a bunda de seus nenês.

Para que servia aquele papel higiênico enorme, então?

Talvez ele não limpe a bunda de nosso país.

Talvez sejam precisos muitos basculantes para limpar o país inteiro.

As mães reclamam de limpar a bunda das crianças.

Mais difícil é limpar a nossa própria alma.

Muito mais difícil. A alma sofre, a alma sangra, a alma diz, se alimenta de tudo o que é energia neste mundo.

Rimos muito de meu irmão.

Rimos ainda muito quando nos lembramos disso, sobretudo a Nides, ela sempre conta essa estória.

E as chaminés?

Para meu irmão, eram cigarros muito grandes. Enormes.

Deixamos na estrada um rastro de cascas de banana. Iríamos tropeçar em muitas depois.

Todo mundo colhe o que planta.

Eu nunca plantei nada, nunca tive muito os pés no chão.
Tenho a alma suja, como o poema sujo.
Quando Nides me beija, como segunda mãe, consigo respirar um pouco.

Capítulo VI

Meu pai e minha mãe estavam de viagem marcada para a Bahia, embora meu pai não gostasse lá muito de baianos.

Iam para ver a praia, as lindas praias do Nordeste.

Na minha cidade, na época, não havia muitos nordestinos, era uma cidade muito pequena, fechada, cheia de sítios bem dentro da cidade.

Eu e meu irmão tomávamos porre de mangas e goiabas.

Ele sempre foi muito esperto e subia no telhado e minha mãe ficava louca com isso.

Meu avô de Mogi adorava a goiabada que minha avó Antonieta fazia, era demais mesmo.

Meu pai deixou dinheiro para a Nides fazer minha festinha de 5 anos de idade, era um marco, né, estava deixando de ser nenê para ser um menininho.

Eu não me lembro do que pensava nessa época, só sei que chorava com as músicas do Celso Ricardi.

Uma vez pensei na minha avó e chorei, chorei debaixo da cama, todos me diziam que era velha e que poderia morrer a qualquer momento.

Eu não aceitava isso de jeito nenhum, minha avó era muito pra mim.

Minha mãe veio silenciosamente, como era do seu estilo, minha mãe era dona de um silêncio impressionante, acho que só por isso aguentou passar por tudo o que passou na sua vida em Penápolis.

Virou um calibre 22 depois, mas seus estampidos saíam ainda com certa delicadeza.

Isso foi depois da morte de meu pai, ela teve que assumir toda a responsabilidade para si.

_Larga de ser bobo, menino, chorando por causa de quê?

_Por causa da vó, mamãe, ela vai morrer, não vai?

(As canções do Celso Ricardi rolando na vitrolinha antiga)

_Claro que não, seu bobo... Ela vai viver muito.

Imagino o quanto tenha sido duro pra ela ter dito isso, pois em casa, minha mãe mandava e minha avó Antonieta desmandava.

Era o confronto entre a Idade Média católica e o pouco de modernidade que havia na cidade, minha mãe, a Ruth, a Clara, etc...

Bom, só sei que Nides fez tudo o que foi tipo de salgadinho que poderia existir, inclusive o hot-dog pequenino que eu adorava de montão.

Fez um bolo que não me esqueço até hoje, de goiabada, sempre falamos deste bolo.

Eu chamei uma renca de meninos e meninas para a festa e meu irmão também, deveria haver umas 100 crianças na festa, foi um festão.

Essa festa não me sai da cabeça.

Pensando nos termos de hoje, eu tinha começado muito bem a vida, por que tudo virou o que virou?

Não sei dizer, realmente não sei dizer não.

Só me lembro que no meio da festa, meu irmão, com
4 anos, veio e me deu um abraço demorado.
Nunca me esqueci disso.
A vida tinha começado bem para você também,
Betinho.

Capítulo VII

Foi meu irmão quem me ensinou o que era uma falta no futebol.

Eu pegava a bola e me atirava no chão, devia ter meus 7 anos ele, 6.

Ele me falava:

_Isso não é falta, você se jogou sozinho no chão.

_ O que é falta, então?

Ele me passou o pé e eu caí que nem um espantalho cansado de sua missão.

_Pô, mas isso não vale, Betinho.

_ Mas é isso é o que é falta, meu irmão.

Aprendi o que era falta no campinho improvisado da mangueira.

Era muito ruim jogar bola lá, a gente ficava preso entre mesas e a mangueira, mas jogava assim mesmo.

Lembro de quando dei uma porrada na barriga do amigo do meu irmão, o Rodrigo, ele me deu de volta e eu mais duas, ele começou a chorar.

_ Desculpe, Rodrigo, mas não foi falta não, kkkkk

Meu irmão ficou muito bravo, afinal o Rodrigo era muito seu amigo.

Pescamos muito no pesque-pague do pai dele, tinha muita traíra, e muitos traíras na vida, afinal, nascemos, como Jesus, para ser traídos e o pior, trair.

Foi meu irmão quem me ensinou o que era uma falta no futebol.

A partir daí, sofri muitas faltas, algumas me tiraram o sono, outras me tiraram um pouco de vida.

Por causa de estudos, concorrência na escola, por causa de garotas, por causa de notas, por causa de bebidas, por causa da multa de trânsito, por causa do Largo São Francisco, por causa nem sei de quê mais.

Betinho me ensinou o que era uma falta, para os dias em que faltasse quase tudo: o amor, a alegria, a bondade nos olhos dos homens, o fio de cabelo no meu paletó.

Ensinou-me muito o Betinho.

Que falta você faz, cara.

Dos nossos abraços, na pinga que tomamos juntos, quando você era meu amigo, quando nem tanto era meu amigo, quando fazíamos gol com tabelinhas geniais.

Meu coração dói quando falo de você.

Meus olhos titubeiam para esconder sempre o que eu espero que seja a última lágrima.

Que falta você faz, cara.

Na minha vida, em tudo o que eu senti e tenho sentido.

Que falta?

Falta não é isso.

Não cometi faltas graves, pois amei a muitos.

Naquele tempo não sentia tanto a sua falta como sinto hoje.

Que falta você faz, cara.

Capítulo VIII

Betinho subiu na Torre de televisão.

Até então ninguém tinha visto, nem Nides, nem minha avó Antonieta e nem a minha mãe. Nem eu, nem Maria Laura, que era muito pequena e não sabia sobre as subidas e descidas da vida.

Só sei que Betinho subiu na torre de televisão.

Foi o Miraldino que viu. Viu da rua, quando saía do escritório do Marinho.

O Miraldino trabalha até hoje lá, é seguramente um dos melhores contadores de Penápolis.

Tivemos muita amizade com o Miraldino, ele é um sujeito muito bacana.

Deve ter algum segredo oculto com a mulherada, pois o danado pega cada mulher, uma mais bonita que a outra.

Quando o Miraldino avisou minha mãe, ela quase teve um treco.

Mas o Miraldino teve presença de espírito naquele momento:

_Dona Alba, não grita com ele, pede pra ele descer, com jeito.

_Desce Betinho, desce, que eu comprei um presente pra você...

_ Mentira, comprou nada, mãe, acha que sou bobo?

_ Desce, Betinho, desde, vou te dar um presentinho...

E fico agora imaginando que outros mundos não viu Betinho.

Viu os telhados das casas, sujos que eram por causa do picumã, viu as mulheres lavando a roupa suja do dia a dia, viu o comércio da cidade, viu o sino da igreja tocar.

Betinho descobriu cedo que para saber algo ou ser feliz era preciso ousar e muito.

Pois eu não vi os mundos que Betinho viu.

Eu nunca vi os mundos que Betinho viu naquele momento de desobediência.

E gozado, tudo tem a sua hora de tresvario, dei para tresvariar agora que estou bem mais velho.

Dei de não fazer mais nada, de viver de renda, de ser um sujeito inútil.

_ Desce, Betinho, desce, Betinho...

_ Desço nada...

_ Desce, meu queridinho.

_ Desço nada... estou vendo uma coisa...

Minha mãe pegou uma caixa de bombons e falou calmamente:

_ Desce, olha, Betinho, a caixa de bombons...

Até que uma hora Betinho desceu.

Foi descendo devagar, degrau por degrau, uma chora quase que caiu.

Minha mãe deu um suspiro, fundo.

Quando Betinho chegou ao chão, minha mãe tirou o chinelo e deu uma surra em Betinho.

Foi a primeira e última vez que Betinho apanhou de minha mãe.

Também, ele era um menininho.

Fiquei curioso. O que você, viu, Betinho?

Ele riu-se todo.

_ Não conta pro papai, nem pra mamãe?

_ Juro, não, e fiz a figa com os dedos.

Ele chegou nos meus ouvidos e disse:

_Vi a bunda da menina pelada!!!!

_ Nossa, como era?

Ele se encolheu:

_ Era uma bunda de uma menina pelada...

_ Jura que viu?

_ Mas, claro que vi, por que você acha que eu não descia? Esperei ela tomar o banho completo.

Entre eu e Betinho havia um abismo.

Betinho sabia viver.

Eu nunca soube, sempre fui meio retraído, um bicho do mato.

Mas a Marisa, minha vizinha, me achava bonito, sem eu saber.

Fica entre nós dois, Betinho, a bunda da menina pelada.

Capítulo IX

Eu tinha 12 anos, meu irmão, 11.
Fomos pescar com meu pai na passarela do clube náutico.
Estava um dia bonito, de muito sol.
Era uma coisa, um dia para a gente se divertir, brincar, aproveitar.
Gozado, meu irmão antes de fazer tratamento para crescer era bem pequeno, foi com 17 anos que virou um homão.
(Ele tem e terá 17, eternamente 17)
Estávamos pescando e o vento batia forte, quase derrubou o meu boné.
Uma hora eu tomei água de uma botica que meu pai adorava e acho que não coloquei o copo da maneira correta, o vento bateu e levou o tão querido copo do meu querido papai para dentro d' água.
Meu pai me xingou de tudo o que foi nome, afinal, era seu querido joguinho de copo e botica de água.
Teve uma ideia: amarrar meu irmão numa corda e colocá-lo dentro d'água para pegar o tal copinho alaranjado.
Tanto fez que fez que o tal copinho alaranjado afundou para sempre no rio Tietê.
Não preciso dizer que meu pai me xingou de uma forma que, puta meu, me pergunto hoje, o que fui fazer lá? Peixe não estava dando mesmo...

A histeria do velho por causa do seu copinho alaranjado chegou a um ponto que chamou a atenção de outras pessoas, e elas falaram para meu pai: compra outro, doutor, deixa pra lá isso aí.

_Não, meu copinho alaranjado é meu copinho alaranjado.

_ Compra outro, doutor, vai traumatizar o menino.

Bom, só sei que nunca mais fui pescar com meu pai. Era um jeito de um me defender destas besteiras todas.

Chegou a um ponto a minha repulsa em relação ao comportamento do velho que, ao invés de pedir desculpas, ele ficava mais irritado ainda.

_Porra, cara, vamos pescar, por que você não quer mais pescar comigo?

_ Ah, pai, deixa pra lá, vou ficar aqui estudando mesmo.

Aí que ele me xingava mesmo, falava que eu não gostava dele, mas não era isso, apenas não queria passar por mais situações constrangedoras daquele jeito.

É uma lembrança do meu velho pai.

Ele era boa pessoa, mas tinha umas coisas que vou te contar.

Saudosa Penápolis, que saudades.

Se pudesse voltar no tempo, faria tudo diferente, mas sabemos que isso não é possível.

Nunca falei disso com o meu irmão.

Ele entendia, não era bobo, não, apesar de tão novinho ainda.

Ficou a lembrança desse dia, como uma fisgada inocente na boca de um peixe tolo.
Os peixes morrem pela boca.
Eu tinha morrido por causa do meu silêncio.

Capítulo X

No colégio das freiras, fui apaixonado por duas meninas.

Mas eu era muito tímido, muito introvertido e a garotada já pegava pesado no requisito "Ficar".

Havia meninas mais assentadas, mas talvez por ser muito quietinho, eu gostava logo das mais quentes e mais bonitas.

Eu não era feio, era apenas sem jeito.

Ficava no recreio tirando sarro de um amigo e de outro.

Mas, na hora das festinhas da turma, não aparecia.

Uma vez foram me buscar em casa, mas eu não ia não. Que pena. Perdi todas as canções, todos os beijos, todos os amassos.

Como dizia um amigo: " Vamos dá uns coelhos..."

Verdade, não dei os coelhos, nem os hipopótamos flutuantes.

Saudade daquele tempo.

Fosse hoje, tudo seria diferente.

Já meu irmão paquerava uma garota como ele, pequenininha, eram muito lindinhos juntos, parecia coisa do " Anos incríveis".

Não sei o que rolava entre os dois.

Se beijinhos, abraços, mas eram muito lindinhos.

Tive muita chance de ficar com a garota que gostava, mas eu era foda, ficava com aquele papo de música clássica e não conhecia nem a nona do Beethoven.

Na verdade, minha biblioteca de música clássica era muito pequena, na época.

Meu pai quando ia a São Paulo me trazia vários discos do Bruno Blois.

Surtei quando ouvi Bela Bártok pela primeira vez, eram dois concertos para piano muito inusitados, achei o máximo.

Mas, ficar com as meninas, nada.

Meus amigos bem que me falavam: Rossão, fica com umas meninas, vai ser bom para você, mas eu nem aí.

Eles tinham razão.

Grande parte de minha desilusão com L. M. vem disso, da minha inexperiência com as garotas.

Poderia ter sido tudo diferente.

Ninguém é tão feio que cause dó, a não ser casos extremos.

Mas não era o caso.

Todo mundo é desejável.

Havia muitas meninas bonitas em Penápolis, poderia ter escolhido, e eu não era feio, não assim, de morrer.

Quando eu era bem criança, eu lembro que eu dei uns beijos numa menina, não sei dizer exatamente porquê virei o bicho do mato que me tornei no ginásio.

Quando mais novo, a coisa rolava bem naturalmente.

Houve uma vez que dei e tomei umas porradas por causa de uma garota.

Foi bom, foi ótimo, na verdade, eu penso hoje em dia.

A vida é feita de garotas e porradas, de todos os lados.

Quem quiser viver neste mundo, tem de se acostumar às regras aqui estabelecidas, senão não aguenta não.

Eu trilhei um caminho muito duro, para todos, inclusive para meus pais, mais tarde.

Dei de virar escritor porque fui um malsucedido na vida.

Sempre é assim, pobres palavras, que tem de suportar todas as frustrações dos que são e não são artistas.

Pobres artistas, que vivem de aplausos.

Antes vivessem de beijos, de amassos, de coelhos.

Muitos têm uma vida intensa, outros são mais recolhidos.

Meu irmão também não descobriu muito cedo suas paixões, mas quando descobriu, foi muito amado e amou também.

Quando tinha 17 anos, era um terror, ao contrário de mim.

Era muito bonito, também, a mulherada caía matando em cima.

Sorte dele, sorte delas.

Eu amei a arte e saí ferido.

Quem ama a arte só pode sair ferido.

A arte foi feita para ser contemplada, degustada, não para ser amada, é espinho para todo lado.

Saí muito machucado. Bem feito, tivesse ouvido meus amigos.

Tive alguns amores, inclusive L. M., marca de cigarro, como eu disse.

Não os fumei. Não bebi o quanto deveria ter bebido.

Fui em estranho no meu próprio ninho.

Capítulo XI

Voltando muito no tempo, quando eu tinha sete anos de idade, não fiquei na fila da primeira série na escola.

Resultado: Fiquei de castigo um tempão, tomando sol na cara e sujeito à chacota de todos, eu que era o melhor aluno da turminha da primeira série da escola pública.

Era época da ditadura militar e o respeito e a ordem se impunham, inclusive para os filhos de doutor.

Nossa, como zombaram de mim. Chorei: de raiva, de frustração. A ditadura foi uma coisa que decepava muito a desobediência natural que tinha dentro da gente.

Fico imaginando ser jovem durante a ditadura: de um lado, melhor, mais coisas por que brigar, por outro, uma enorme frustração de não poder mudar nada ou quase nada.

Meu irmão Betinho naquele dia estava fantasiado de gente grande, pegou umas roupas velhas do meu pai, como todos pegaram as roupas velhas de seus papais e mamães, e ensaiaram uma festinha na escola, com direito a salgadinhos, bolos e refrigerantes. Naquela época, os refrigerantes não faziam mal.

Quando me viu naquele solão, começou a rir como um louco:

_ Que você tá fazendo aí?

_ Estou de castigo.

E riam como loucos.

_ Vou contar tudo pro papai e mamãe.

Eu comecei a chorar.

_Não conta não, Betinho.

Desnecessário dizer que meu pai e minha mãe foram avisados por um bilhete do senhor diretor.

Era uma coisa incrível, eles, os diretores, agiam como militares, mantinham a ordem na porrada, se preciso.

Quando o diretor deu a ordem para eu voltar à classe, foi um dos maiores vexames que passei em minha vida.

Dois raciocínios:

1) Meu irmão agiu como meu pai agiria, me deu sermão e tudo, ou seja, ter vestido as roupas de meu pai, fez dele meu pai, foi a primeira vez que o vi falar grosso comigo. Ou seja, todos os menininhos e menininhas têm dentro em si o pai e a mãe que serão um dia.

2) O diretor, dias depois, deu uma de camarada comigo, a professora intercedeu a meu favor, ele entrou na classe e me deu um livrinho de presente, em que se vangloriavam todos os

heróis militares do nosso país. Senti-me bem na hora e hoje, dou muita risada disso tudo.

Saudades daquele tempo, muita saudade, eu nem sabia o que era regime político, quem mandava em casa eram meu pai, minha mãe, minha avó Antonieta e Nides.
Em casa, o povo tinha voz ativa.
Na rua, nem tanto.
Levei uma cacetada na cabeça por cantar a música do Geraldo Vandré.
Nunca me esqueço da ditadura em mim, o que a ditadura fez de concreto em minha vida:
Ter ficado de castigo e ter levado a bordoada na cabeça.
Fora isso, nunca soube, quando criança, o que era ditadura.
Achava o meu pai bravo e ele, não raramente, saía vestido de militar na rua, tinha muita gente que não gostava, apesar de achá-lo um excelente médico. Ele ardorosamente defendia o regime.
Hoje em dia entendo porque a molecada tinha um puta tesão com as garotas: houve muita repressão sexual na ditadura.
E todos sabemos que quanto mais repressão, mais pornografia.
Quanto mais repressão, mais pornografia.
Eu, que me reprimi, não sei porque não comia as menininhas.
Mas ficava devorando livros e discos clássicos.

Que pena, que pena.

Capítulo XII

O Pimenta estava querendo sair com minha irmã de apenas 13 anos, ele já tinha mais de 18.
Nunca fui de brigar, nunca fui mesmo.
Deveria ter uns 16 nesta época.
Bati de frente com o Pimenta, ele era muito mais forte que eu e ele me disse: vou te rachar de porrada.
Meu irmão, como eu disse, até os 17 anos era meio pequeno, mas não teve dúvida, enfrentou a parada comigo.
Foi engraçado porque todo mundo se colocou contra o Pimenta, aliás, o Pimenta era muito feio mesmo.
Mas catava a Catarina, tinha fama de machão, a molecada respeitava o Pimenta por causa disso e a Catarina era uma beldade.
Homem feio para mulher bonita, teu nome é humanidade.
Logo os colegas do meu irmão vieram se colocar junto a ele.
Muitos, mas muitos mesmo.
E a Catarina foi falar com o Pimenta: se você bater neles, termino com você.
Foi um gesto de solidariedade do meu irmão que jamais me esqueci.
Ele ficou comigo no Anglo esperando o Pimenta sair, estava todo mundo preparado para a porrada.
O Pimenta saiu e disse:

Rossão, tudo bem, peço desculpas, realmente cometi um erro, sua irmã é muito nova para mim, vamos deixar tudo isso para lá.

Foi muito simpático com a gente.

Mas meu irmão queria brigar.

Sempre foi meio defensor da minha irmã e dos valores familiares.

Tivemos de segurá-lo, queria dar umas porradas no Pimenta.

Eu falei: deixa pra lá, Betinho, não vale a pena e o Pimenta foi educado com a gente.

Quando o Rodrigo falou com ele, ele se acalmou, ele prezava muito o Rodrigo Casasco.

Quando o Pimenta foi embora, meu irmão pegou na minha mão e me disse: hoje você agiu como homem, gostei muito da sua atitude.

Ficou na minha memória meu irmão, baixinho, olhando feio para o Pimenta, que era super alto e forte.

Ele nunca teve medo de enfrentar as coisas da vida e por isso sempre se deu muito bem em tudo mais tarde.

Tínhamos sido irmãos por alguns minutos, coisa de que não me esqueço nunca.

Muitas outras vezes pensamos diferente e agimos de forma muito diferente.

Pimenta nos olhos dos outros é refresco.

Verdade: às vezes os pratos feitos em casa não bastam para a amizade, mesmo de irmãos.

A vida coloca pimenta em nossos olhos para saborearmos as suas mais terríveis tentações.

Capítulo XIII

Seu Chico que falou: Vai lá, Rossi, joga junto com a sétima série, eles trouxeram (o outro time) uns caras maiores, seu irmão é pequeno e o resto do time, também.

Na época eu já estava na oitava série, ano de despedida do colégio, mas eu não sentia isso, devorava a vida como quem devora luz. Fui devorado por ela depois, não por seus vermes, os vermes apenas se sentam à mesa.

Foi uma batalha.

Meu irmãozinho lutou bravamente.

Marcou, tabelou, fez pressão, até quase saiu nos tapas com um cara muito maior que ele, tivemos que separar.

Saudades do Seu Chico.

Seu Chico era professor de matemática do colégio.

Tinha umas dores de cabeça horríveis, sei não, para mim era coisa espiritual.

O Maíque, nosso primo, também jogou e foi outro que deu o sangue.

Estavam se preparando para as batalhas da vida.

Venceram, foram vencidos. Quem não é vencido nesta vida?

Lembro que num lance, eu rolei a bola para o meu irmão e falei: é só fazer, mas ele chutou em cima do goleiro.

Para dizer a verdade, eu fiquei puto com ele neste lance.

O lance se repetiu e ele, em duas tentativas, fez o tão sonhado gol.

Veio em direção ao meio do campo com a sensação do dever cumprido.

Deu-me um abraço caloroso.

Mas a tarefa de armar o time era minha, e como eu disse, o jogo foi duro, muito duro.

Devo ter feito uns 3 gols.

Lembro de um em que eu driblei o time inteiro.

Eu era muito habilidoso com a bola.

Saudades de todos.

Tenho certeza que acordarei deste jogo na minha cama, cismando como pude ter perdido toda a minha habilidade para o futebol.

Este dia é daqueles que não se esquecem.

Acordei estes dias sonhando com aquela batalha em campo, em quadra, na verdade.

Olho para mim, não sou o mesmo.

Aquele menino ficou escondido dentro de mim.

Para sempre.

No fim do jogo, o time inteiro veio me abraçar.

Reconheceram que perderiam facilmente caso não fosse eu.

Valeu, nem nos meus sonhos consigo mais fazer isso.

É lindo ver a realidade vencer os sonhos.

Quando isso acontece, saudemos.

Brindemos.

Eu não posso mais beber.

Bebi naquele dia, todo o suor do meu rosto.

Foi uma coisa justa, muito justa.

Nunca mais vi justiça daquele jeito, nem em tribunais superiores.

Capítulo XIV

Conhecer L. M. foi um sonho.
Era uma mulher muito mais velha, bonita pra burro e muito educada.
Loira, olhos azuis, corpo escultural.
Eu tinha dezoito, ela, 32.
Tinha sido casada com um comerciante, mas era separada e não tinha filhos.
Disse que gostava de homens inteligentes, e eu, na época, estava cursando O Largo São Francisco.
Era super culta, gostava de Bach, Handel, Mozart, Beethoven, Schubert e até de música moderna.
Gostava de literatura russa, falava cinco línguas.
De onde você saiu, L. M. ?
Como eu disse, esse não é o seu verdadeiro nome, tirei esse nome de uma marca de cigarro muito fumada na época. L. M.. anagrama da temida Mona Lisa, quem poderá com sua imortalidade?
Nem sei se existe mais, eu nunca fumei, a não ser assim, de brincadeira, depois de um copo de vodca com cerveja.
Pois L. M. no começo foi como um copo de cerveja com a vodca mais fina que possa existir. Depois foi pinga que desde "cavucando".
Eu e metade dos homens de Penápolis ficamos de olho em L. M. um tempão, mas aquela coisa, mulher de família, o pai era um renomado dentista da cidade, eles exigiam recato da parte dela e ela estava

morando com os velhos, pois tinha deixado a casa do marido.

Não sei se ela teve alguém antes de mim, não sei dizer ao certo.

Também se teve, escondida ou não, não posso me queixar, cada um faz o que quer de sua vida.

Fiquei com medo do Thomaz traçar ela, ela era fogo e bonito como o diabo, mas ele estava namorando outra menina, aliás, uma menina linda.

Fez como que se nem a notasse. Milagre.

Que bom, que bom.

Onde eu ia e ela estava, pregava olho nela como um louco, ficava olhando e ela me olhava e ria.

Eu era mesmo um tolo.

Quando teria chance de chegar em L. M.?

Fiquei adiando isso por meses.

Até que houve uma festa num sítio e nós dois estávamos lá.

Bebi como um louco.

Chegada a hora da dança, do baile, por assim dizer, tomei coragem e tirei L. M. para dançar.

Não conseguia muito bem fixar meus três olhos nela, ela era bonita como o diabo.

Eu pisei nos pés dela e ela riu.

_ Você não sabe dançar, ela me disse.

Esse foi um dos meus maiores pecados, não saber dançar.

Paramos e fomos tomar um refrigerante e ficamos conversando um tempão, jogando conversa fora, que é como se diz.

Ela me olhava com carinho, acho que sacou que eu era caidinho por ela.

_ Você não me leva embora?

_ Mas claro!

No caminho, fiquei olhando as suas pernas e seu corpo escultural e ela ficou um pouco retraída.

Pensei: deixa eu pegar leve, se não já viu, tudo está perdido...

Comecei a falar de literatura e ela riu.

_ Você confunde todas as personagens, ela gargalhou, está bêbado?

_ Um pouco e você?

_ Também bebi, mas me controlo. Nada de ficar caindo pelos cantos.

_ Bebi para poder falar com você...

_ Nossa, pra quê isso? Sou muito acessível, ela me falou...

_ Sou muito tímido...

_ Entendo, mas olha, que tal irmos comer uma pizza um dia desses?

_ Podemos, eu perguntei...

_ Claro...

Levei-a até sua casa, ela me deu um beijo no rosto e se despediu.

_ Me liga.

_Claro, claro...

_ Sabe o telefone?

_ Sim, eu falei, eu sei sim.

Despediu-se com um rodopiar de cabelo, como Gilda.

A Gilda que seria em minha vida.
A vida não é cinema, nem poema.
A vida era L. M.
E todas as suas promessas.

Capítulo XV

Fomos à pizzaria, eu e L. M.
Fomos à Roda-viva, uma pizzaria nota 10.
Quem pagava a conta? Meu pai, claro, eu não tinha dinheiro para nada.
Ela estava usando uma calça muito justa, o que deixava seu corpo irresistível.
Fiz de tudo para não olhar, mas não pude deixar de reparar nas marcas de suas calcinhas.
Ela pediu rodízio, eu pedi uma pizza pequena de mussarela.
Não gosta de variar, ela me perguntou...
Gosto mais de mussarela, eu falei.
Eu já não, gosto de variar, sentir o sabor de cada pedaço.
Será que ela comia pizza, como comia homens?
Porque, com um corpão desses, era ela quem comia, não era os homens que a comiam.
Fiquei pensativo nisso.
Embora eu não soubesse de nada, eu estava de férias da faculdade, não a conhecia, apenas, e como todos os homens da cidade, eu babava por ela.
_Pizza é igual música clássica, ela me falou, cada um com seu estilo.
Eu, como estava completamente caidinho por ela, juro que fiquei com medo.
Será que ela era assim com os homens também?
Também, como eu poderia julgar sem saber?

Mas fiquei cismado.
Notei que estava variando da cabeça.
Vai ver que ela gostava de sabores de pizza diferentes, ué...
Quem pode julgar isso?
E a comparação me pareceu ridícula.
_ Mas você só gosta de mussarela mesmo?
Pensei: quem me dera que você fosse essa pizza de mussarela.
Acho que ela leu meus pensamentos, me olhou e riu.
Tem de provar de tudo, bobinho.
Como assim, de tudo?
Ah, a vida é uma aventura, não acha?
Sim, é sim, eu balbuciei.
Nunca provou de uma pizza com rúcula?
Fiquei pensando se ela tinha muitos...
Bom, vocês sabem.
Tem desejo para tudo, eu gostaria de provar da rúcula de L.M.
Mas eu era muito puritano, não entrei no seu joguinho.
Comecei a falar de ópera e ela me disse:
Você não sabe nada de ópera, ouvi muito mais que você.
Como você ouviu?
Ah, discos antigos 78 rpm da família, meu avô tinha um monte.Fiquei olhando nos seus olhos, eram azuis como o céu.
Haveria mesmo pureza no céu?
L. M., juro que nem sei mais.

Capítulo XVI

Bom, agora eu tinha 18 anos e meu irmão, 17. Eternamente 17.
"Tudo o que é meu, é seu, tudo o que é seu, é meu".
Bom, tomara que isso não se aplique a L. M.
Estava muito apaixonado por ela, aqueles olhos azuis, aquele corpão, e a possibilidade de redenção de um passado sem muitas garotas.
_ C tá catando, né, meu irmão perguntou...
_ Ela é moça de família, cara... vamos devagar com isso...
_ Larga de ser trouxa, mulher gosta de amasso, de rola.
_ Eu sei, mas estou indo devagar, não quero que a moça pense que quero comê-la e dar no pé...
_Puta, cara, você é um romântico incorrigível mesmo.
_É, pode ser mesmo... Mas ela é minha e ninguém tasca.
_ Tá falando de ópera com ela? C acha que ela gosta mesmo de ópera? Ela quer trepar, cara...
_ Pode até ser, mas vamos com calma com isso...
_ Sei não, você, acho que é bicha...
_ Ah, é?
E começamos uma guerra de travesseiros que só acabou com os berros de meu pai:
_ Seus dois caraios, acabei de fazer um parto agora de madrugada, parem com essa merda, sua mãe quer dormir.

_ Irmão, ele me disse...
_ O quê?
_ C acha que a mãe vai aceitar L. M.?
_ Não sei dizer.
_ Para de ser trouxa...
_ Ah, cara, não sei...
_ Olha o exemplo do tio J..., que casou com mulher muito mais velha, mamãe nunca vai aceitar L. M.
_ É, talvez você tenha razão. Mas não quero pensar nisto agora, tenho encontro marcado com ela às dez da manhã no clube Penapolense.
_ Nossa, mas você não vai lá nunca, que milagre.
E começou a cantar: " O amor tem feito coisas, que até mesmo Deus duvida..."
_ Para com essa bosta, falei...
_ C tá amando, né, cara?
_ Pode ser...
_ Cuidado com as mulheres mais velhas, cara, ela pode te passar a perna, vai saber... o que ela tá pensando, c é ingênuo demais, inexperiente e ela uma mulher descasada, sei lá...
_ Tá, tá bom, me deixa dormir, cara...
_ Quantos anos vc tem?
_ Porra, não lembra? 18... e vc?
_ 17 oficialmente, mas 50 de vivência, essa mulher vai engravidar de vc e aí vc tá fudido.
_ Sim, pode acontecer, mas vou me cuidar...
_ Sei não, sei não...
Dito e feito...

No dia seguinte, meu pai e minha mãe deram abertura nas investigações.

Tá usando camisinha, como ela é, a família é boa, mas vai saber, ela é muito velha pra vc, por que não namora a filha do médico amigo do seu pai que é bem mais nova...

Meu pai chegou em mim e falou:

_ Ela é um puta tesão... Mas use camisinha... Aqui tem um monte... e me deu um montão de camisinhas do Postão de Saúde... Aproveita, mas se cuida, nada de sexo oral, ok?

_ Ok, Ok, pai, tudo bem...

Eu já tinha feito sexo oral com L. M.

Quando tinha lhe dito em silêncio a primeira palavra.

Capítulo XVII

L. M. foi ao clube, botou um biquíni e seu corpo era escultural. Uma verdadeira deusa grega.
A moçada ficou azarando aquela beldade vinda dos céus ou dos infernos.
Houve gente, com tanto tesão, que virou copos e copos de whisky vagabundo.
Imagina, whisky vagabundo para uma deusa dessas.
Ela gritou:
_ Você não vem?
Eu estava no meio de todo esse pessoal e eles gritaram:
_ êeeeeeeeeeeeeeeeeeee.... olha o cara, meu, só porque estuda Direito na USP come o manjar antes da gente.
Claro que eu não disse nada, mas claro que fiquei orgulhoso da minha conquista.
_ Já vou, L. M.
Ainda bem que tinha emagrecido e estava com um corpinho ajeitadinho, senão ia ser aquela azaração de sempre.
_ Pensei que ia me deixar sozinha aqui, desprotegida desses urubus...
_ Claro que não, L. M., claro que não...
Pela primeira vez nos demos as mãos.
E ficamos de mãos dadas na frente de todo mundo.

Não sei sinceramente se ela fez isso por que gostava de mim ou se para provocar o resto da galera.

Nadamos juntos aquele dia.

Depois, ela quis sair e tomar umas cervejas.

Pensei: puxa, tomara que não peça nada muito caro...

Parece que ela leu o meu pensamento e sorriu:

_ Calma, cara, tenho dinheiro para pagar a minha bebida.

Eu me abri com ela:

_ Puxa, sou estudante do primeiro ano, sabe como é, sou um duro.

_ Seu pai te controla muito, não é mesmo?

_ Sim, a mesada é curta...

_Onde você mora em sampa?

_ Rua Paula Sousa.

_ Logo na rua da cebola?

_ Sim...

_ Não tem medo de morar lá?

_ Não, é meio perigoso, mas o pessoal de lá (a bandidagem) sabe que não temos muita grana.

_ É uma república de estudantes?

_ Sim, é uma república.

_Você come no bandejão da faculdade?

_Sim, não tenho outra opção.

_ Bom, já passei desta fase, não como em bandejão.

_ Eu sei, você é uma rainha, uma princesa, não pegaria bem para vc comer no bandejão da faculdade.

Ela riu desbragadamente.

_ O que vai querer, tolinho?

Não gostei quando ela falou assim, mas estava caidinho por ela.

Ela tinha colocado um roupão de banho, mas mesmo assim estava formidável.

_ Posso pedir uma vodca? Com cerveja?

_ Mas é claro que sim...

_ O que vai querer para comer?

Meus olhos percorreram todo o seu corpo, de baixo a cima, e ela me olhou fixamente, com olhos de reprovação.

Fingi que não era comigo.

Ficamos lá batendo papo um tempão, ela me perguntou da faculdade, eu disse que era super tradicional, o nível era muito alto, etc...

E vc, não fez faculdade?

_ Não fiz não, não pude fazer, tive de me casar.

_ E o casamento, como foi?

_ Vamos falar de outro assunto.

_ Desculpe-me, claro...

Ela quis ir embora.

Entramos no meu Monza vermelho 1983 e fomos.

Chegamos à casa dela.

Ela me beijou no rosto.

_ Onde vamos à noite, meu bem?

_ Que tal Araçatuba?

_ Ai, que legal, faz um tempo que não vou lá, que joia.

Antes dela sair, peguei na sua mão.

_ Ela se deteve, e me pregou um beijo na boca.

Fiquei nas nuvens...
_ Até, amorzinho...
_ Até, minha deusa...
Ela riu...
As deusas sabem que são deusas.
Os mortais não o sabem e por isso a morte é dolorosa.
Cada um no seu devido lugar.

Capítulo XVIII

Em Araçatuba, tudo foi um sonho.
Pela primeira vez, andamos de mãos dadas.
Eu estava nas nuvens e não era para menos: L. M. era uma gata maior, uma deusa em forma de gente.
Sentamos no Bola 7 e pedimos um chopp.
Reparei que L. M. gostava de um chopp, deve ter tomado uns sete ou oito.
Foi super carinhosa comigo, falava palavras doces, me encorajava a estudar mais para o Direito USP.
Eu estava caidinho por ela, apesar das reprimendas do meu pai e de minha mãe: mulher mais velha, filho, só quer se arranjar.
Eu não pensava assim de L. M.
Começamos a conversar sobre MPB e ela sabia todas as músicas, decor e salteado.
_ Como você sabe tanto assim de música?
Ela sorriu e disse que gostava de ouvir música.
_ Você nunca teve uma namoradinha antes?
_ Não, L. M., não tive.
_Nossa, isso não é muito normal.
Fiquei envergonhado e ela percebeu. Não tinha ouvido os conselhos de Thomaz e do meu irmão, nunca.
Era um bicho do mato mesmo.
_ Posso ser a primeira?
_ Clllaaaaro... gaguejei...

_ Gaguinho, ela me falou e me deu um beijinho delicado.

_ O que sua mãe e seu pai pensam de mim?

_ Pensam que você é de uma família muito boa e que você é uma moça extraordinária, inclusive me incentivaram a namorar você.

_ Pode falar a verdade, bobinho.

_ Mas estou falando a verdade.

Quando veio a carne que tínhamos pedido, vi que ela gostava de uma carne mal passada.

_ Estou com uma vontade de te dar uns beijos, bem dados, meu gatinho...

_ Vamos embora daqui, então.

_ Vamos...

Paguei a conta, com o dinheiro do meu pai, claro, e ela me deu a mão, a moçada não tirava os olhos dela de jeito nenhum.

Seria eu um felizardo?

Com certeza, sim, era mais que um felizardo, por namorar moça tão distinta.

_ Quando entramos no carro, que havíamos deixado meio longe, ela me tascou um puta beijo na boca.

Começou a me beijar como uma louca.

_ Nossa, calma, falei...

_ Não aguenta meus beijos, bobinho?

_ Estou adorando, falei.

Como L. M. beijava com lascívia.

Uma hora passou um batom vermelho forte e me beijou como uma louca.

Fiquei todo borrado. E o mundo me pareceu, naquele momento, um lugar borrado, meu pai, minha mãe, minha irmã e meu irmão.
Meus amigos, meus primos e todas as pessoas do mundo, inclusive padres e freiras.
Ela não parava de me beijar, até que perdi o fôlego.
Ela percebeu.
_ Está bom por hoje, gatinho... Amanhã tem mais...
Nossa, meu Deus, que furacão.
Ela tinha me deixado louco.
Louco de tesão.
Louco de paixão.
A minha sanidade agora se resumia aos beijos de L. M., completamente insanos, animais.

Capítulo XIX

L. M. quis ir à missa.

_ Nossa, você gosta de igreja?

_ Tenho um relacionamento profundo com o Senhor.

_ Não sabia, também gosto muito.

Estávamos de mãos dadas até o padre começar a missa.

Quando começou, L. M. virou-se para mim e disse:

_ Vou fazer minhas orações agora, desculpe, e soltou a minha mão.

L. M. fechou os olhos e se ajoelhou, juntou as mãos e parecia que rezava em silêncio.

Todo mundo que é católico sabe como uma missa se desenrola.

L. M. não deu a mínima para a missa.

Continuava de olhos fechados e mãos cruzadas e monossilabicamente dizia coisas incompreensíveis.

Que pecados teria cometido L.M. para tanta contrição?

Teria se separado por que tinha outro homem?

E seu marido havia descoberto e metido a mão na cara dela?

Gostaria de drogas?

Seria uma bêbada contumaz?

Teria desrespeitado seus pais?

Seria uma prostituta de luxo?

Que pecados terríveis teria cometido L. M.?

De tanto ficar impressionado com a contrição de L. M., esqueci-me das faltas que tenho cometido.

Não pedi perdão a Deus, o que me fez fica humilhado diante de L. M.

Que resignação e fé ela tinha!

A missa acabou e toquei nos ombros de L. M.

Ela nem se mexeu.

Ficamos mais duras horas dentro da igreja, ela do mesmo jeito.

Quando acordou do seu transe, simplesmente sorriu para mim, e pegou nas minhas mãos com extrema delicadeza.

_ Podemos ir agora...

Eu, muito jovem, não tive coragem de perguntar o que se tinha passado dentro dela.

Apenas me calei e saímos da igreja como um belo casal.

Tudo parecia perfeito.

Quando entramos no meu carro, L.M. passou um batom super vermelho e me atacou como uma loba faminta.

Fiquei todo borrado.

Envergonhado.

Por que ela tinha feito tudo aquilo para depois fazer isso? Mas não lhe falei nada.

O céu e o inferno costumam andar juntos.

Eu, pelo menos, estava no purgatório.

Ou L.M. se transportaria para um lugar onde tudo é permitido?

Se essa Deusa não existisse, tudo seria permitido. E Deus existia. Pelo menos para L.M. Seriam os seus beijos, proibidos?

Capítulo XX

Meu pai me chamou num canto e me disse:
_Você acha que dinheiro cresce em árvore?
_ Claro que não, papai.
_ Arranje uma namorada mais barata, ela foi mulher casada, mulher de homem rico, não é mulher para você...
_ Mas, papai, eu vou me casar com ela.
_Você é louco? Está completamente louco da cabeça.
_Mas, pai, eu a amo...
_ Você nem a conhece, está apaixonado, é inexperiente demais, tá na cara que ela quer se arranjar na vida.
_ Ela é demais, pai, tão culta, tão inteligente... tão madura.
_Ela quer dar a volta por cima, ser mulher de juiz, de promotor.
_ Decidi que vou advogar aqui, papai, para não ficar longe dela.
_ Nossa, ele ficou furioso, ela mudou até os seus planos...
_ Não existe mulher como L. M.
_ Está usando camisinha pelo menos?
_ Nós nunca transamos.
_ Mas, o que é isso? Como nunca transaram?
_ Ela é diferente, papai, não é como essas moças que só pensam em sexo.

_Sei... sei...

_ Deve estar dando para outro, seu trouxa.

_ Que nada, papai. Ela me ama também.

_ Meu Deus, como é inexperiente.

_ Ademais, acho bom você arranjar um emprego, não estou aguentando sustentar você e ela.

_ Nossa, mas comemos coisas simples.

_ Sim, sim, 200 paus na pizzaria, 150 no clube, o que essa mulherzinha come e bebe?

_ Se precisar, eu trabalho para sustenta-la.

_Nossa, meu Deus, uma faculdade jogada fora por causa de uma mulher que você conheceu há pouco tempo. Não há meninas na Sanfran?

_ Há, mas não como L. M.

_Você está ficando caduco antes do tempo, parece mais a sua avó...

_ Largo o curso se for preciso, chantageei...

_ Vou ter que vender alguma coisa para você poder sustenta-la.

_ Faça o que for preciso, falei...

_ Nossa, como você é egoísta, o que você está se tornando mais e mais a cada dia.
Não percebe que seus irmãos também têm sonhos?

_ Eles que esperem, papai, não vou romper com L. M.

_ Ainda mais tem nome de cigarro, ela fuma?

_ Claro que não, pai.

_ Fica tranquilo, vou vender o meu carro.

_ Que carro?

_ O meu...

_ E desde quando esse carro é seu? Eu apenas empresto para você.

_ Mas...

_ Trate de arranjar melhor partido.

_ Mas, pai, ela me ama.

_ Ela ama o que você virá a ser no futuro e seu dinheiro.

_ Não, papai, tenho certeza que ela ama e como beija tão bem.

_ Uma mulher de 32 anos ficar só no beijo, que coisa mais esquisita.

_ Ela é assim, papai, super comportada.

_ Aposto que no tempo em que você passa na faculdade, ela te chifra com meio mundo, larga de ser trouxa, garoto!!!

Bom, essa foi uma de muitas conversas que tive com meu pai sobre L. M.

Estava apaixonado.

E o Thomaz, que perigo esse cara na cidade.

Não, não podia desistir, de forma alguma.

Era a minha felicidade que estava em jogo.

Capítulo XXI

Meu pai tinha uma novidade para nos contar: uma intercambista de nome Susie, vindo dos USA, vinha ficar conosco um tempo.
Era feia? Era bonita?
Olhamos a moça e eu e meu irmão não vimos graça nenhuma nela, principalmente meu irmão, que não perdoava nem a própria sombra.
Ela falava inglês muito rapidamente, de modos que ficávamos meio perdidos.
_ Susie, tente falar português, minha mãe dizia.
_ Vai tentar falar...
Vou tentar falar, minha mãe corrigia.
Ela era chegada num cigarro mentolado e num whisky caro.
Meu pai ficou louco e trancou sua despensa de whisky, e escondeu a chave no seu quarto.
_ Essas garrafas de whisky são minhas, vão ficar com vocês, meninos, depois da minha morte.
A gente brincava com ele:
_ Quem vai tomar todo esse whisky é o próximo marido de mamãe.
Ele ficava louco com isso.
Saía esbravejando e se trancava no seu quarto.
É claro que L. M. gostou de conhecer Susie.
Falava inglês muito melhor que a gente.
Um inglês realmente muito fluente.

Logo ficou muita íntima de Susie, com o carro dela, levava essa gringa para cima e para baixo, de modo que me senti meio deslocado.

Quando íamos à pizzaria, Susie ia junto.

Quando íamos ao cinema, Susie ia junto também.

Quando íamos tomar umas, lá estava Susie.

_ Seu bobinho, ela tem que se enturmar. Somos boa companhia para ela.

_ Puta, estou de saco cheio desta gringa.

_ Bobinho, está com ciúmes da Susie.

_ Não é isso, ela que arranje os amigos dela.

Para me acalmar, como sempre L. M. me meteu uns beijos na boca bem dados.

_ Quero algo a mais, falei a ela.

_ Ainda não, tolinho...

_ Mas estamos juntos há três meses, quantos anos você tem?

_ Vou fazer 33, querido. Por enquanto tenho 32.

_ Você, para uma mulher que já foi casada, não acha que já passamos da idade do só beijinhos?

_ Beijinhos não, te dou uns puta beijos...

_ Verdade, mas é muito pouco. Quero sentir meu corpo dentro do teu, saciar a minha fome.

_ Ou é do meu jeito ou não é.

Quando eu vi que ia perder L. M., fiquei quietinho.

_ Que seja do seu jeito, então.

_ Isso, se não for do meu jeito, não será mais.

_ Mas, por que?

_ Tenho medo de ficar grávida, você não é formado, tenho pouco dinheiro.

Sorri de satisfação. Que coisas mais convincentes ela tinha dito.

Fui embora para sampa de alma aliviada, que mulher eu tinha, com a cabeça no lugar, aliás, com tudo no lugar.

Como poderia desconfiar deste verdadeiro anjo de pessoa?

Quando fui à aula na Sanfran, dei uma de metido, fazia perguntas, eu que era sempre tão calado, respondia na frente de todo mundo.

Tinha que ser um ótimo aluno para poder dar um futuro digno à L. M.

Era só nisso que eu pensava.

Era um grande projeto.

Talvez grande demais para mim.

Capítulo XXII

Estava pensando em L. M. Como sempre. Será que meu pai teria razão? Uma mulher mais velha que não transava?

Meu pai havia pedido para que eu fosse ao supermercado comprar uma coca que ele gostava e que estava em promoção.

Fiquei pensando: imaginem eu, andando ao lado de L.M. no supermercado, ela empurrando um carrinho de nenê, eu juiz, todo mundo nos respeitando e o que era mais importante: L.M. feliz. Toda linda e sorridente.

Comecei a rir sozinho, quando algumas pessoas olharam para mim e perceberam a minha felicidade. Troquei rapidamente de fileira e continuei sorrindo.

L. M. merecia toda a felicidade do mundo, eu e ela.

Comprada a coca e uns pãezinhos para meu pai, paguei e fui embora do supermercado.

Havia deixado o carro um pouco longe.

Nada demais, caminhava com extrema facilidade, estava numa bela forma.

Foi quando o Éder me abordou.

Ele morava perto do supermercado.

_ Vi a L.M. passar hoje com você no carro dela.

Fui, como sempre, super ingênuo.

_ Mas eu não passei de carro com a L. M. por aqui hoje não.

_ Ah, mas ela passou com alguém então, fico de olho em tudo o que acontece na cidade.

_ E mais, ele me falou, quando o carro desceu, ela estava toda borrada.

_ Borrada de quê?

_ Ah, parecia ser batom.

_ Você não viu quem era?

_ Então, pensei que fosse o senhor, mas o senhor está dizendo que não passou hoje aqui, então...

Como ele sabia que L.M. ficava toda borrada depois que beijava?

Que loucura, pensei eu!

Como ele sabia?

Estaria inventando?

Estaria dizendo a verdade?

Que o Éder era um puta fofoqueiro todo mundo sabia, mas como ele poderia saber que L.M. ficava borrada depois dos beijos?

_Olha, garoto, pode ser que tenha visto mal, mas geralmente não erro não.

Meu Deus, pensei, estaria ela me traindo com alguém?

_ Quem era o cara?

_ Ah, como eu disse, pensei que fosse você, e como pensei que fosse você, nem olhei direito.

Os olhos dele brilhavam de maldade, mas na hora não percebi a sua maldade.

_ O senhor não fica de olho para mim?

_ Sim, mas vai custar 50 pratas.

Eu tinha o dinheiro.

Tirei uma nota de 50 do bolso e dei ao Éder.

_ Fica tranquilo, doutor, que vou ficar com olhos de águia.

Nossa, fiquei desesperado, estaria a minha querida dama me traindo?

Como o fofoqueiro sabia que ela ficava toda borrada?

E caso se fosse realmente, por que ela passaria justamente na frente dele que era um grande fofoqueiro?

Havia caminhos alternativos para ela fugir da conversa de todo mundo.

Ir pela Village, nem sei, ir por outros caminhos.

Chegando em casa, meu coração batia angustiado, apressado.

_ Que foi, meu irmão?

_ Nada, Betinho, nada.

_ Pode falar, brow...

_ Não foi nada não...

_ Alguma coisa com L.M.?

_ Não, magina...

_ Brow, larga dessa mulher, ela é muito velha para você, não tá vendo que ela quer se arrumar na vida? Só porque é gostosa? Tá cheio de mulher gostosa por aí...

_ Chega desse papo, Betinho.

_ Ok, você quem sabe, mas não diga que não avisamos.

Quando entrei, dei de cara com a Susie.

_ Hello, My dear, and where is L. M.?

Pensei: Vai se fuder, gringa dos caralhos...

Me desviei e entreguei a coca para meu pai.
_ Nossa, você demorou desta vez.
_ Trânsito, pai...
_ Estava atrás de L. M.. ô meu Deus...
Estava super humilhado.
Quem teria beijado o meu anjo?
Quem teria, além de mim, beijado L. M.?
Minha sagrada Mona Lisa?

Capítulo XXIII

Fingi e voltei ao supermercado.

Comprei um monte de sucos artificiais, nem sei porquê. Seria o meu amor por L. M. artificial?

Seria ela um monte de mentiras?

Encontrei L. M. no supermercado, sozinha da silva.

_ Meu amor, você por aqui... Esses suquinhos não são bons pra saúde não, meu amor.

E começou com todo o tipo de carinho e atenção que só um rei desavisado o mereceria.

Começou a me dar uns beijinhos.

_ Calma, L.M., não estou muito a fim de beijos neste momento.

_ Nossa, mas você nunca reclama dos meus beijos.

_ Não estou reclamando, apenas acho que aqui não é o lugar, nem o momento.

_ Nossa, mas nos beijamos em público a todo momento.

_ Não sei, apenas não estou a fim.

Bom, ela disse que, sendo assim, ia embora e fez beicinho um monte de vezes.

_ Eu te amo, bobinho...

_ Sei...

_ Nossa, como você está hoje! Que bicho te mordeu?

Dei um sorriso e disse que depois nos encontraríamos e aí tudo voltaria ao normal.

Fiquei pensando que mulher igual a ela não haveria de existir.

Não, igual a L. M. jamais.

Essas coisas que eu estava botando na cabeça eram um monte de besteiras, inveja, coisa de quem não tem o que fazer.

L.M. era super virtuosa, não tínhamos ainda transado justamente por isso, deveria estar travando uma luta enorme dentro de si mesma, queria se reconstruir, não ia se entregar facilmente não.

Fiquei mais um tempo no supermercado e vi os preços das coisas. Tudo na vida tem um preço, namorar um avião como L. M. tinha lá o seu preço também. E era um preço alto a se pagar, o pessoal pegava pesado mesmo, comigo e com ela.

Com nós dois, enfim...

Quando saí do supermercado, evitei irem direção ao Éder. Já que meu carro estava em outro lugar, mas algo dentro em mim me impelia a ir ver o fofoqueiro mor da cidade.

Mal me viu, o Éder disparou:

_ A L. M. passou por aqui.

_ Sim, estava com ela até agora.

_ Agora, não, digo, ontem...

_ E daí?

_ Tava no carro do Guto...

O sangue me subiu à cabeça de forma anormal, senti um ódio incrível de tudo e de todos.

_ Tem certeza?

_ Claro, respondeu o fofoqueiro.

_ Tem certeza?

_ Olha, o Guto voltou todo borrado. Parece que, pelo jeito, beijaram-se muito.

Fiquei com uma raiva de L. M. descomunal.

_ Tinha certeza de que ele estava todo borrado?

_ Certeza absoluta.

_ Bom, obrigado, Éder...

_ Esse obrigado vai custar 50 mangos...

_ Porra, cara, pensa que sou banco?

_ Você quem sabe, se quiser não falo mais nada não...

_ Tirei as 50 pratas com relutância e entreguei ao fofoqueiro.

_ Fica tranquilo que estou de olho mesmo.

_ Obrigado, Éder.

Cheguei em casa humilhado e exausto.

Dormi a noite inteira e sonhei com L. M.

No sonho, ela jurava que me amava.

Por que o Éder estava fazendo isso comigo?

Não sei...

Iria encontra-la agora à noite.

Jogava ou não jogava na cara dela esses dois acontecimentos?

Não, não ia ter coragem.

Tomei um banho, passei Azarro.

Quem sabe o espírito do meu irmão não ia entrar dentro de mim e eu ia desmascarar essa vagabunda de uma vez por todas.

Sim, de uma vez por todas.
Duramente, infalivelmente.

Capítulo XXIV

À noite L. M. estava deslumbrante, nunca a vi tão linda assim.

Seus cabelos pareciam feitos de ouro, seu corpo nunca esteve tão perfeito.

Ela me tomou as mãos e disse:

_ Está desconfiado de algo, meu amor?

_ Não, não é isso não...

_ Isso tudo o que dizem por aí não é verdade.

_ E o que dizem? Dei uma de mané...

_ Tudo o que estão te dizendo.

_ Nossa, ninguém me falou nada, não.

_ Só gosto de beijar você, meu bem... Tenho nojo de outros homens...

_ Nossa, por que está me dizendo isso tudo? Nem me passou pela cabeça uma eventual possibilidade de traição de sua parte.

_Tem certeza?

_ Mas claro...

_ Não está ficando apaixonado por uma garota do Direito USP?

_ Não trocaria você por nada, L. M. Você é linda demais e me trata muito bem.

_ Sou 14 anos mais velha que você, não me acha velha?

_ Mas é claro que não, L. M.

_ Seus pais não estão preocupados com você por minha causa?

_ Pelo contrário, estão super felizes.

_ Verdade mesmo?

_ Mas claro que estão...

_ Não ficam com aquele papo de mulher mais velha?

_ Não me falaram nada não...

_ Pode falar a verdade, amor.

_ Estou dizendo a verdade...

Estava tão impressionado com as palavras do Éder que resolvi entrar no jogo de L. M., mesmo que não houvesse jogo nenhum.

Começou a me beijar como uma louca, uma verdadeira desvairada e em pouco tempo eu estava todo borrado.

_ Por que você gosta de me deixar todo borrado?

_ Acho que é meu lado animal de mulher que salta para fora da minha alma.

_ Seus beijos são uma loucura.

_ Não tem vontade de fazer amor?

_ Tenho, mas devo me cuidar.

_ Já nos conhecemos há um bom tempo, não acha?

_ Vamos com calma com isso.

Quase perdi a cabeça, mas me controlei.

_Acho que já está na hora para nós dois.

_ Calma, calma, dê mais um tempo para mim.

Quase explodi de raiva, o que passava na cabeça de L. M.?

_ Você não confia em mim?

_ Claro que confio.

_ Nunca pensou em ter um filho?

_ Quem vai sustentar? Você? Não tem emprego, é muito novo, não quero estragar a sua vida na faculdade...

_ Tem razão, vai que não damos certo.

_ Não fale isso amor, ela me disse, eu te amo demais.

_ Sim, sim...

_ Não acredita?

_ Mas claro...

_ Nossa, como você é irônico...

_ Não, não sou irônico não... apenas realista...

Ela tentou tirar a roupa, mas não conseguiu.

_ Bem, não consigo, não dá ainda...

_ Você ficava nua com seu marido?

_Claro, claro, claro...

Saiu do carro como uma louca.

_ Vou voltar para casa...

Eu não disse nada.

Ficamos uns 3 dias sem nos ver...

Não senti falta de L. M.

Era tudo para mim, mas não era tudo isso.

Fui até o bar e enchi a cara.

Fiquei com outra menina, uma piranha qualquer, escondido, claro...

Não me arrependi não.

Meti nela como um louco.

Muitos outros retratos merecem ser pintados.

Capítulo XXV

No dia seguinte, L. M. entrou na minha casa, nem olhou na cara dos meus pais e nem na minha e foi direto pro quarto da Susie.
Foi um silêncio total em casa.
O que L. M. queria com essa atitude?
Ela e Susie estavam se preparando para sair, quando eu perguntei:
_ Para onde as duas belezinhas vão?
_ Não é da sua conta! Falou agressivamente...
_ Vamos a São José do Rio Preto fazer compras, almoçar e depois voltamos. Se não voltarmos, é porque dormimos lá.
_ Nossa, tão perto, disse minha mãe, tenho responsabilidades sobre a Susie, não quero era saracoteando por aí não... vai que acontece alguma coisa...
_ Escuta uma coisa, ô sogrinha, ela está comigo e vamos onde der na telha...
_ Não é assim não, disse minha mãe...
_ Calma, sogrinha, só vamos até Rio Preto e voltamos. Pode ficar tranquila.
_ Não posso ir junto? Perguntei.
_ Claro que não, tolinho, o que vamos fazer é coisa de mulher. Nessa você não entra.
Estava super agressiva com todos em casa.
Bom, só sei que foram até Rio Preto, mas não telefonaram quando chegaram.

Minha mãe ficou super preocupada com Susie.

_ Zé Roberto, vai que elas bebem e acontece alguma coisa.

_ O que posso fazer? Disse meu pai...

Aí em casa começaram a me recriminar por estar namorando uma moça tão entrona e debochada.

_ Filho, o que essa moça pensa que é para entrar aqui e dar ordens desse jeito?

Contei-lhes sobre a noite passada e eles ficaram apreensivos.

_ Filho, é melhor não ameaçar a moça. Não force nada com ela, ela é esquisita, o casamento que ela teve com o empresário foi super comentado na cidade, o fato de não terem filhos, etc e tal.

Meu pai e minha mãe tiveram uma conversa séria comigo e exigiram que eu terminasse com L. M.

Uma hora dei razão para eles.

Realmente L. M. era muito esquisita, apesar de sua beleza incrível.

_ Pai, mãe, ela é carinhosa comigo.

_ Está querendo se arranjar, filho, você não percebe?

Pela primeira vez cogitei sinceramente dessa possibilidade.

_ Será, pai, será, mãe?

_ Filho, larga de ser besta, você acha que uma mulher de 32 anos dá ponto sem nó?

Ela mais quer é se arranjar na vida, tá certo, ela é de família boa, mas pela nossa experiência de vida tá na cara isso tudo.

Fiquei quieto sobre o Éder.

Como ele poderia saber de L.M. daquele jeito?

Não estaria blefando para arranjar uns trocos para a sua cerveja?

Mas era tudo muito estranho, realmente?

Como ele ia saber que ela ficava e deixava as pessoas todas borradas com seus beijos lancinantes?

Fiquei muito encucado com isso tudo.

Não aguentei e contei tudo para o meu irmão Betinho.

_ Por favor, segredo, Betinho.

_ Não, tudo bem, irmão, realmente essa estória é muito estranha mesmo.

Você quer que eu dê uma prensa nela? Sei como fazer. Fica tranquilo, vamos descobrir o que realmente está acontecendo.

_ Mas, por favor, ela não pode saber que sou eu que estou por trás de tudo isso.

Sei que as duas ficaram em Rio Preto.

Minha mãe estava super preocupada.

O telefone não tocava.

Não ligaram.

Dormiram lá.

Esse dia, na minha memória, jamais amanheceu.

Capítulo XXVI

As duas, L. M. e Susie, chegaram ao meio-dia do dia seguinte.
Cheias de sacolas de roupa.
Meu pai perguntou:
_ As duas dormiram juntas?
L. M. olhou de forma recriminatória e pesada para meu pai e disse:
_ Pensa que sou sapatão, doutor?
Meu pai encolheu os ombros.
_ Eu estava precisando espairecer depois da conversinha que tive com seu filhinho ontem. Que garoto mais bobo e imaturo!
_ Isso, por que não namora com um cara da tua idade?
_ Nossa, doutor, parece que estou doente...
_ Não é doença, é diferença extrema de idade...
L. M. fez beicinho e me disse:
_ Não me ama mais, Gustavinho?
_ É claro que sim, eu disse sem convicção nenhuma, mas, na verdade, não tínhamos prova de absolutamente nada.
_ E a Sra., referindo-se à minha mãe, me vê assim também?
_ Só acho que ele deveria namorar uma garota mais nova que você....
_ Ah, a família inteira está toda contra mim...
E vc, Laurinha?

Minha irmã não disse nada... nem sim... nem não...

Meu irmão disse:
_ Vou com você embora, L. M.
_ Nossa, estão me expulsando da casa sagrada... a família perfeita... sei...
_ O que você sabe não nos importa, disse meu pai, apenas queremos você casada com uma pessoa mais velha, ando tendo muita despesa com a senhorita, deste jeito não vou aguentar não... é pizza pra cá, jantar pra lá, carro novo sempre... não dá não...
_ Vamos L.M., disse meu irmão...
_ Calma, calma, já vou indo... queria mostrar as coisas que comprei para vocês, mas, pelo jeito, não querem ver não...
_ Onde você arrumou dinheiro para comprar tudo isso?
_ Cartão de crédito do ex-marido, claro, fazia parte do nosso acordo de separação.
_ Nossa, nem divorciada é ainda e já está pondo nosso filho no meio desta fria...

L. M. saiu com meu irmão e meu irmão encheu a moça de tudo o que foi pergunta, fez um verdadeiro garimpo em L. M., afinal, era bem mais experiente que eu, apesar dos seus então 17 anos.
Vi a hora que ele chegou e que L.M. saiu cantando pneus.

Os pneus também dizem muito da vida. Basta saber escutar. A conversa tinha sido muito dura.

Capítulo XXVII

Não resisti e fui até o grande fofoqueiro da cidade.
Mal ele me viu, fez uma cara de extrema maldade e
já foi me falando:
_ Vi L. M. com seu irmão....
_ Eu sei... E ele voltou borrado?
_ Sim, ele voltou todo borrado...
_ Verdade?
_ Claro... não só eu vi, como toda a cidade viu...
Respirei profundamente e disse:
_ Olha, ô fofoqueiro, eu sei que meu irmão esteve
com L. M. e não aconteceu nada, fui eu quem pedi
pra ele ir com L. M.
Ele ficou meio sem jeito, pediu uma grana: não dei
não....
_ Também não vejo mais nada pra vc, ele falou...
_ Beleza, eu falei, obrigado por seus serviços...
_ Só uma última coisa, ela estava no carro ontem
com o Dênis e ele voltou todo suado e borrado. Deve
ter sido uma trepada e tanto.
_ Ok, obrigado.
Entrei no supermercado e dei a volta pelo outro lado
quando fui embora.
Nunca mais o veria e isso me deu uma sensação de
alívio enorme.

Voltando para casa, vi meu irmão e ele veio em minha direção....

_ Oi, Betinho, e aí?

_ A conversa foi dura, mas ela não entregou nada não... Disse que te amava, que não tínhamos o direito de estar fazendo o que estamos fazendo, que iria se casar com você acontecesse o que acontecesse.

Dei uma prensa geral, tentei dar em cima dela, ela fingia que não entendia...

Sei lá, irmão, que atitude você vai tomar...

Posso ser sincero com você?

Uma vizinha nossa que é fofoqueira, me disse umas coisas dela, que ela saía com outros homens na sua ausência e etc...

Na verdade, não sei o que dizer sobre isso não...

Ela parece que te ama mesmo.

Mas você não acha ela meio velha para você?

Que é linda, não há dúvida, mas não sei, tem alguma coisa errada nela que não sei dizer o que é...

Mas, infelizmente, não posso afirmar categoricamente nada...

Talvez você tenha tirado a sorte grande, ela é um baita mulherão.

_ Obrigado, Betinho e me abri, com ele, sabe o Éder?

_ Claro, o fofoqueiro que mora perto do supermercado?

_ Sim, ele mesmo... Ele me jurou que viu a L. M.com outros homens...

_ Bom, vai confiar neste fofoqueiro? Ele fala de todo mundo, inventa estórias para tirar um troquinho para as suas cervejas...
Não sei o que dizer dele não...
Bom, não leve muito a sério o que ele te disse, quer arrumar confusão para a tua cabeça.
Dei um abraço no Betinho...
_ Quantos anos você tem, cara?
_ 17...
_ Sim, eternamente 17...
Não está vestindo a tua jaqueta de couro?
Ele riu como o Heleno de Freitas.
_ Não, hoje não... Nem passei Azarro... e riu...

Meu pai veio até mim e me aconselhou:
_Filho, com certeza ela tem treta com o antigo marido. É hora de cair fora, senão você vai sair machucado disso tudo, filho.
_ Estou pensando seriamente em fazer isso, papai... fica tranquilo...
Ela é linda, tudo o mais, mas acho que não é para mim...
Mas não temos qualquer tipo de evidências contra ela, isso é o que me dói mais...
Bom...
Meu pai me deu um abraço...
Fazia tempo que não fazia isso...
Esperávamos pelos próximos passos de L. M.
Que ela terminasse comigo, então...

Estava triste, muito triste.
Nunca tinha amado uma mulher como tinha amado
L. M.

Capítulo XXVIII

Foi a Rosa quem nos ligou, a Rosa trabalhava no motel.

_ Olha, a L. M. acabou de entrar com um cara aqui.

_ Tem certeza de que era um homem?

_ Claro, pelo menos estava vestido de homem, difícil eu me enganar, já vi de tudo por aqui, mulher com mulher, homem com homem, sexo grupal, etc... fiquem tranquilos, era homem, sim.

Chamei o Betinho e falei para ele o que estava acontecendo.

Ele me falou:

_ Entra rapidinho no Monza, vamos dar um flagra final e acabar com tudo isso...

Fomos como uns loucos até o motel.

Quando a Rosa nos viu, nos disse:

_ Olha, não posso fazer isso, mas vou fazer só porque é você, viu?

E nos deu a chave do quarto do motel.

_ Quarto 22. Onde fica?

_ Fica na parte de trás do motel, é o lugar mais silencioso e mais reservado do motel.

Mas, por favor, nada de arma, nem gritaria...

_ Não, tudo bem, Rosa, você já está fazendo demais...

Fomos até o quarto 22 e ficamos tentando, primeiro, escutar o que se passava lá dentro.

Estava claro que era um homem com uma mulher.

_ Putz, Betinho, mato os dois...

_ Calma, cara, isso precisava ter um fim mesmo, é melhor que tenha sido assim, um homem com uma mulher....

Fica calmo!

Abrimos a porta cuidadosamente...

Quando olhamos, L. M. estava com um pinto de borracha amarrado na cintura, comendo com voracidade a nossa Susie, a nossa gringa, que estava de bigode, vestida de homem.

_ O que significa isso? Gritei moderadamente...

L. M. ficou branca que nem cera...

_ Eu posso explicar tudo... é só uma aventura sem consequência...

_ Como é uma aventura sem consequência?

O que meu pai e minha mãe vão pensar de vocês duas? Que vergonha, vocês são duas sem-vergonhas...

L. M. começou a chorar, estava toda nua e aí pude notar como era magnífica.

_ Bom, está tudo acabado, L. M.

Quando olho para trás, Rosa estava lá.

Pensei: puxa, isso vai se espalhar pra cidade inteira...

_ Por que você deu a chave, sua vagabunda?

_ Você tem que se foder mesmo, loirinha...

_ Tudo bem, Rosa, você fez o seu papel aqui, tudo bem...

_ Por que você usa bigode, Susie?

Susie não falou nada, apenas abaixou a cabeça timidamente.

_ Quero ter uma conversa com você, disse-me L. M.
_ Tudo bem, depois a gente conversa.
Não foi preciso dizer que o acontecido espalhou-se por Penápolis inteira.
Não posso afirmar que tenha sido Rosa, mas é bem provável.
L. M. sumiu da minha vida por 3 semanas.
Não me ligava, não mandou carta, ficou escondida dentro de casa.
Aquela cena dela comendo a Susie ficará para sempre dentro de mim. E Susie vestida como homem, era demais para a cabeça de qualquer um.
Acho que por isso ela gostava de beijar, não tinha afinidade com homem nenhum.
Fiquei com pena de L. M., mas mais do seu ex-marido.
Anos de casado e nada, por isso não tinham filhos, agora estava explicado.
L.M., no fundo, não aceitava homens.
Gostava mesmo, era de mulheres. De mulheres vestidas de homens.
Uma coisa me intriga: por que era tão feminina?
Como poderia beijar tão bem se não gostava de homens? Como controlava seu asco, seu nojo dos homens?
Realmente era muito estranho.

Meu pai se sentiu vingado e aborrecido.
Vingado porque suspeitava disso, claro, era médico ginecologista.

Aborrecido porque tinha relações de certa profundidade com o pai de L. M.

Mas, deu uma de calado, não falou nada a ninguém. Pegou nas minhas mãos:

_ Foi uma experiência dura para você, meu filho.

_ Tudo bem, pai, a vida é assim mesmo, muitas vezes o cavalo nos derruba e pisa com toda a força em nossa cabeça.

_ Namore outra menina, estava na cara que isso tudo não estava certo não.

Meu irmão me deu um abraço.

_ Já transei com lésbicas, mano...

_ Eu sei como é, ou não sei como é...

_ Ela escondia tudo muito bem, né? Casada, etc... Você ficou chocado demais?

_ Eu a amava, né, Betinho, como não ficar chateado?

_ Não liga, te apresento uma outra garota qualquer hora dessas.

_ Obrigado, Betinho. E dei um enorme abraço nele, fazia tempo que não o abraçava...

_ E lembre-se: "Tudo o que é meu. É seu, e tudo o que é seu, é meu"...

_ Nem sei o que isso quer dizer, Betinho, numa hora dessas...

_ Fica tranquilo, um dia você vai entender....

A nossa Susie foi embora para São Paulo.

Meu pai e minha mãe acharam que isso era a coisa certa a ser feita.
Lá era poderia ter uma vida mais privada e ingressar em outra família Rotariana.
Foi embora, não disse adeus nem em português, nem em inglês.
Aprendi que os adeuses têm sua própria língua, não são falados em idioma nenhum, são ditos apenas para o coração.

Não é preciso dizer que fiquei esperando algum contato de L. M.
Parece que seus pais iriam embora para o Paraná, depois deste enorme vexame, infelizmente a cidade inteira ficou sabendo do ocorrido.
Tocava o telefone e eu corria atender.
Talvez ainda amasse L. M., mas nosso amor, era, claro, impossível.
Fiquei lembrando da primeira vez que eu a vi, como me apaixonei por ela, seus longos cabelos cacheados loiros, lindos, seu corpão violão.
Que pena isso ter sido assim.
Sonhei em me casar com ela.
Em cuidar dela com carinho.
Bom, estava tudo desfeito.
A vida é assim mesmo.
Nos dá e nos tira.
Não me foi dado, nem tirado, apenas perdi, o que é muito pior.
Esperei por dias uma carta, não veio.

Numa madrugada, estava tomando água, quando o telefone tocou, era L. M.
_ Quero ter uma última conversa com você, antes de ir embora para o Paraná.
_ Tudo bem, L. M., tudo bem.

Dormi cheio de esperanças, acordei sem nenhuma ilusão.
Pus os pés no chão.
Forçadamente.
O chão é o abrigo dos que sofrem.
O paraíso, a redenção dos que já não entendem mais.

Capítulo XXIX

L. M. mal me viu começou a chorar, dentro de carro.
Estava extremamente constrangida e embaraçada.
Senti pena de L. M., ela não era má pessoa, muito pelo contrário.
_ O que significam os seus beijos, L. M.?
_ Adoro beijar, mas não consigo ter relações sexuais com homem, só com mulher. E com mulher vestida de homem.
_ Por que não assumiu que era lésbica?
_ Você, sabe, meu pai, minha mãe, cidade pequena...
_ Mas isso não tem nada demais...
_ Não conseguia assumir, só isso, por favor, não me recrimine, eu amei muito você...
Meus olhos encheram-se de lágrimas e juro que tive uma enorme vontade de beijá-la, mas me contive a muito custo.
_ Como será a vida no Paraná?
_ Não sei, ainda, não sei, apenas não quero cometer os mesmos erros.
_ Entendo...

Ela olhava para mim com os olhos nublados, o que me comoveu profundamente.
Quero te falar uma coisa, quero que acredite:
_ Você é muito meigo, terno, amoroso, merece coisa melhor que eu...

_ Não é questão de ser melhor, L. M. Apenas acho que você não deve viver uma vida de mentira...
Aqui em Plis há várias moças e moços que são gays e daí?
_ Não consigo assumir, Gustavo....
_ Tudo bem eu entendo, vai continuar com a mesma postura?
_ Não sei, não sei...
E começou a chorar....

Uma hora, pegou nas minhas mãos e me disse:
_ Me promete uma coisa...
_ Claro...
_ Lembra da canção que um dia você me mostrou?
_A do Pavarotti cantando?
_ Sim...
_ " Non ti scordar di me?"
_ Sim, essa...
_ Eu te peço, Gustavo...
Eu te amei muito.
Não se esqueça de mim, Gustavo....
Quando você estiver com sua mulher e filhos, não se esqueça de mim...
Lembra que olhávamos as estrelas?
Por favor, quando olhar para o céu, não se esqueça de mim.
Quando beijar uma garota qualquer, por favor, lembre-se de mim, dos nossos beijos ardentes e tão verdadeiros.

Como eu amei você...
Por favor, não se esqueça de mim, Gustavo...
_ Não me esquecerei, eu juro.

Pediu para ir embora.
Nunca mais eu veria L. M., acho que não.
E se a visse, seria como na canção do eterno Chico
Buarque, " Todo sentimento".

Adeus L. M., adeus, adeus, adeus....
Dizem muito dos beijos do cinema, grande tolice.

Você foi para mim os beijos de todos os cinemas do
mundo.

Capítulo XXX

Não é preciso dizer que fiquei muito arrasado com tudo isso.

Não conseguia dormir direito.

Contei para alguns amigos mais chegados e muitos riram, afinal, eram tão jovens, disseram-se para tocar a vida em frente que atrás vem gente.

Estávamos todos no boliche da cidade, eu, meu irmão, o Maíque, o Bruno e muitos de meus amigos.

O Thomaz, bêbado que estava, notando a minha tristeza, disse:

_ Vou arrumar uma namorada para você agora! É a irmã de minha namorada!

Todos insistimos muito para que ele não fosse, pois estava bêbado demais...

_ Não vá, Thomaz, eu disse, está muito tarde, vai acordar a garota, vai que ela não vai com a minha cara... Não precisa ir uma hora dessas, você está caindo de bêbado, está de moto, para com isso...

Sobretudo o meu irmão insistiu muito para que ele não fosse.

_ Não, disse o Thomaz, moto é comigo mesmo.

Insistimos todos para que não fosse... não teve jeito...

Pegou a moto e foi. Foi. Sim, foi...

Como eram 4 da matina, não estava parando nos cruzamentos, nem nas preferenciais.

Por incrível que pareça houve uma festa num sítio distante.

O último carro da festa, o do churrasqueiro, que tinha ficado neste sítio para fazer todas as arrumações e toda a limpeza, pegou o Thomaz.

Claro que não foi culpa dele não. Estava na preferencial.

O Thomaz quebrou o pescoço, não houve o que fazer, apesar da insistência de sua mãe, que só mandou desligar os aparelhos no último minuto.

Foi uma consternação geral na cidade, muita tristeza, o Thomaz era muito querido, além de ser o galã da cidade.

Escrevi um poema para ele.

Na época, tinha apenas 18 anos, me deu uma inspiração muito grande, todo mundo gostou do poema.

O cemitério encheu de gente.

Era um prêmio para ele.

Por ter feito tantas amizades e ter sido um cara tão legal com todo mundo.

Algumas menininhas desmaiaram, outras passaram mal.

L. M. teria sido para Thomaz só mais uma.

Para mim, uma roseira inteira.

Um carnaval que não acabaria nunca.

L. M. estava muito presente ainda na minha vida, fazia umas semanas que ela havia ido embora para o Paraná.

Nenhuma notícia, nada.

Triste L. M., feliz L. M.
O Thomaz tinha ido para sempre também.
Talvez um dia o reencontre.
Será quem nesse dia?
Algum Da Vinci sem emprego, querendo retratar L.
M. totalmente nua?

Capítulo XXI

Dormi e acordei 30 anos mais tarde, com 48 anos.
Onde estariam meus amigos, L. M. teria mesmo existido?
Dei uma de ermitão, nunca me casei.
L. M. teria mesmo existido?
Não sei dizer se foi um sonho apenas, ou se foi realidade.
Eu me lembro dos seus beijos?
Ao mesmo tempo penso nos beijos dela como realidade vivida. Não me esqueço dos seus beijos.

Meu irmão é um engenheiro em Florianópolis, é bem casado e tem dois filhos.
Perguntei a ele quantos anos tinha. Ele sorriu.
_ Eternamente 17. Não é isso o que você dizia?
_ Nunca entendi esse "tudo o que é meu é seu, tudo o que é seu, é meu".
Ele riu:
_ São coisas do passado, irmão.
Estou indo amanhã para aí, sem minha esposa e as crianças. Quero te dar uma coisa, tirei uns dias de folga aqui.

Quando ele chegou, não trazia nada que denotasse fosse um presente.

Fui busca-lo em Lins.

_ Que presente é esse, irmão?

_ Você vai ver quando chegarmos.

Quando chegamos, tomamos café da manhã como sempre o fazíamos quando crianças, e ele depois ele me chamou ao quarto:

_ Quero te dar uma coisa...

_ Ok, o que é?

Ele abriu a mala e tirou sua jaqueta de couro velha, estava cheia de remendos e alguns furos.

Ele tentou me explicar que era uma jaqueta velha, mas não teve tempo.

Arranquei a jaqueta das mãos dela e a abracei como um louco.

Chorei, chorei muito.

Aquela jaqueta representava tudo o que tínhamos sido, tudo o que tínhamos vivido, todos os nossos amores de juventude, todas as garrafas de cerveja, todos os copos de samba e cuba libre, L. M., se é que ela tinha mesmo existido.

Não consegui olhar nos olhos dele, mas é certo que estava muito comovido.

Fiquei uns 3 minutos abraçado à sua jaqueta de couro.

Estava ainda com um cheirinho de Azarro.

_ Você passou esse Azarro há pouco tempo?

_ Não, deve ter ficado impregnado aí.

Sem que ele esperasse, o abracei fortemente.
Era meu irmão nesta vida, estávamos ambos barrigudos e meio carecas.
Que poesia tinha essa jaqueta de couro rasgada.
_ Não te vai fazer falta?
_ Fica com ela...
_ É uma honra pra mim...
Todas aquelas lembranças do passado continuarão comigo para sempre.
Guardadas na imensa poesia da jaqueta velha.

Dois dias seguintes, ele me acordou:
_ Irmão, tenho que ir embora hoje agora...
_ Mas, já?
_ Sim...
Levei-o para dar uma volta na cidade de Penápolis.
Muitos bares de nossa cidade tinham fechado.
Como a juventude se virava agora?
Nem sei, quase não saio de casa.
Nosso pai tinha falecido.
Minha irmã morava em São Paulo.
Minha avó tinha morrido.
Nides, ficado mais velha.
Mamãe estava bonita ainda.

Não consegui me despedir.
Deixei-o sozinho lá, esperando o ônibus.

Fiquei com vergonha disso depois.
Te amo, meu irmão.
Te amarei para sempre.
Adeus, estou sempre aqui, venha com a Elisa e as crianças.

Os beijos, ah, os beijos, esses ficarão marcados nos batons que faleceram.
Nós apenas vamos embora.
Os batons falecem a cada beijo.
Falecem para viver eternamente.

Meu irmão, você terá eternamente 17. Para sempre.

Capítulo XXXII

Sinceramente não sei se L. M. realmente existiu.
O que existiu foi um jovem cheio de sonhos.
Talvez L. M. ande pelas pedras do Arpoador agora.
Talvez esteja em Marte.
Talvez beije policiais e delegados de polícia, quem sabe bandidos e bandidas.
Talvez façam fila em presídios para beijar L. M.
Talvez ela roube corações.
Talvez o roubem dela.
O que importa se L. M. beijou a todos?
Os beijos de L. M. eram completamente inesquecíveis.
Se não fazia sexo, não fazia sexo e é assim que as coisas são.
Por onde andará L. M. agora?
Estará em sampa, em Curitiba, no Rio Grande do Sul?
Que importa ela tenha beijado Lucas, ou Thomaz, ou Beto, ou Gustavo, ou Dênis?
Que importa se beija defuntos?
Parentes de mortos?
Ou retratos de adolescentes?
Que importa se era casada ou não?
Ou se era separada?
Se usava o cartão de crédito do seu ex-marido?
Importa se beijou Susie?
Susie que a tenha.
Alberto que a tenha.

Que todos a tenham nos braços.

Sinto muita falta de L. M.
Dos seus beijos, quando cantava ópera.
Quando zombava do beijo dos astros do cinema.
Que importa tudo isso, meu Deus?

Pois eu digo que tudo isso não importa de nada.
Eu beijei L. M., beijos inesquecíveis.
Que ela saia por aí e beije a todos.
Sobretudo os mendigos e os leprosos.

L. M. não foi feita para um homem só, para uma
mulher só.
L. M. não feita para apenas um beijo.
Eu resplandeço com a cara toda borrada de beijos.
Quem não resplandecerá?
Quem recusará seus beijos?
Quem será capaz de não se lambuzar de seus olhos
e dos seus cabelos?

L. M. é de todos.

Todas as vidas são poucas para ela.
Todas as mortes são inúteis diante dela.
Quem não a beijou?

Afinal, quem não beijou L. M.?

Eu vos pergunto:

Afinal, quem não beijou L. M.?

Fim